9,20 D.P

TINA

Superbruixa

Brúixola

Direcció Editorial:
Trini Marull

Edició:
Cristina González

Producció:
Alberto García

Il·lustracions:
Birgit Rieger

Traducció:
Xavier Vives

Disseny de coberta:
Miguel Ángel Parreño

Títol original: *Hexe Lilli und das Geheimnis der Mumie*

Aquest llibre s'ha negociat a través d'Ute Körner Literary Agency, SL, Barcelona

Mallorca, 45
08029 Barcelona

ISBN: 978-84-8304-369-1
Dipòsit legal: M-31304-2008
Printed in Spain

KNISTER

Tina Superbruixa i la mòmia

Brúixola

9a edició

Al final d'aquest llibre
trobaràs dos autèntics
trucs egipcis.
Però no siguis impacient
i… arriba a la pàgina 111!

Aquesta és la Tina,
la superbruixa
protagonista
de la nostra història.
Té més
o menys la teva edat
i sembla una nena
normal i corrent.
Bé, en realitat ho
és..., encara que
no del tot. I és
que la Tina té una cosa molt poc
comuna: un llibre de màgia!

Un bon matí, la Tina es va trobar aquest llibre al costat del llit. Que com és que va anar a parar allà? Ni idea.

La Tina només sap dues coses: que l'eixelebrada bruixa Baduixa se'l va deixar oblidat en un descuit i que el llibre conté encanteris de debò i uns trucs de bruixa d'allò més esbojarrats. La Tina ja n'ha provat uns quants. Però compte...!

Val més que no intentis imitar els conjurs de la Tina, perquè...

Si en llegir una paraula t'equivoques,
el teu raspall de dents esdevindrà escombra;
la professora, un monstre abominable;
i el gelat que et menges,
un cogombret en vinagre.

Per si de cas, la Tina Superbruixa no ha dit a ningú res del seu fantàstic llibre. És, com si diguéssim, una bruixa autèntica, però secreta. Ha amagat l'existència del llibre de màgia fins i tot a en Pitus, el seu germà petit, i això no li ha resultat gens fàcil, perquè en Pitus és molt i molt tafaner, i a vegades fins i tot pot resultar una mica pesadet. Però, malgrat tot, la Tina l'adora.

Bé, doncs..., a continuació, capbussa't en el plaer de la superlectura amb les aventures de la Tina Superbruixa!

Capítol 1

En Pitus s'ha trencat un braç i els pares l'han portat a l'hospital. Ara està assegut a l'habitació de la Tina, i mentre xerra pels descosits no para de donar-se copets al guix.

—Saps una cosa, Tina? A l'hospital m'han fet una foto molt guapa! Sembla la foto d'un esquelet...

—El teu germà vol dir que li han fet una radiografia del braç —puntualitza la mare des del bany.

—Sí, es veu tot l'os... —prosseguiex en Pitus, que sembla molt impressionat.

—El metge ens ha dit que només es tracta d'una petita fissura —afegeix el pare des de la sala d'estar—. Per sort, en Pitus no s'ha trencat del tot el braç...

—El metge no ha dit pas això! —el contradiu en Pitus—. Ha dit: «Braç no estar tot trencat.»

—És veritat. És egipci i no parla gaire bé el nostre idioma —explica el pare—. Es veu que ha vingut des del seu país per especialitzar-se a casa nostra.

—Especialitzar-se? Doncs jo crec que és tot un especialista posant benes i enguixant! —comenta en Pitus tot mirant-se el braç cofoi a més no poder.

La Tina s'alegra que el seu germà petit no tingui res greu, de manera que... per què no li pren una mica el pèl? Això el distraurà i ella es podrà divertir una estona.

—Has tingut sort que t'hagi tocat un metge egipci —li diu—. Els egipcis són els millors del món a l'hora de posar benes. Fa milers d'anys ja embenaven els cadàvers, ho sabies? Potser el teu metge era un d'aquests experts a preparar mòmies...

En Pitus es mira la seva germana amb els ulls esbatanats.

La Tina està entusiasmada. Ha aconseguit captar l'atenció del seu germà, i després de donar-li uns copets en el braç enguixat afegeix:

—Sembla un embenat de mòmia molt sòlid... Bona feina!

—No m'agrada que facis broma amb aquestes coses, Tina —se sent la veu de la mare—. Espantaràs el teu germà amb les teves històries de morts.

—Morts...? —repeteix en Pitus amb un fil de veu i empassant-se la saliva.

La Tina fa que sí amb el cap amb aire misteriós, i afegeix xiuxiuejant per tal que els seus pares no la puguin sentir:

—Les mòmies són morts embolicats amb benes perquè els seus cossos no es descomponguin amb el pas del temps. Jo, en el teu cas, no em trauria mai aquest guix, perquè així no se't podrirà el braç encara que faci molts segles que ets mort...

—Sí, però... —comença a dubtar en Pitus.

La Tina l'interromp tot d'una i alça la veu:

—Mare, oi que les mòmies resistien milers d'anys sense podrir-se perquè estaven embenades de cap a peus?

—És veritat —contesta la mare.

En Pitus s'ha quedat petrificat.

—Això vol dir que...

—Sssst! No parlis tan alt —l'interromp la Tina—. Parlar en veu alta és perjudicial per a la momificació..., sobretot durant els primers dies.

—Això vol dir que el meu braç ja no pot morir? —pregunta en Pitus xiuxiuejant.

—Sí, mentre estigui embenat —confirma la Tina.

—I si caic per una finestra o m'agafa un cotxe, el meu braç continuarà vivint?

—Jo diria que sí —respon la Tina tot passant la mà pel guix d'en Pitus, com si vol-

gués comprovar-ne l'estat—. Mala sort per a tu... i bona per al teu braç! Naturalment, si passés res d'això, jo et serraria el braç i intentaria d'ensenyar-li a parlar.

En Pitus enretira el braç espantat.

La Tina agafa del prestatge un llibre titulat *Els misteris dels faraons* i en passa algunes pàgines fins que troba el capítol que buscava. Llavors ensenya al seu germà la il·lustració d'una mòmia.

—Aquest home va embenat de dalt a baix! —comenta en Pitus, astorat—. Què li va passar? Que es va trencar tots els ossos?

—Segurament li va passar per sobre un centpeus gegant de l'antic Egipte... —afirma la Tina abans d'afegir-hi, d'allò més divertida—; però va tenir sort. L'embenador de mòmies li va salvar la vida. I encara avui continua viu.

—De veritat? —en Pitus sembla que dubti de les paraules de la seva germana.

—I tant! Tothom ho pot veure —respon la Tina molt seriosa.

—On?

—Doncs al museu arqueològic, ves!

En Pitus, que no es creu gaire la Tina, pregunta a la seva mare cridant:

—Mare, en el museu arqueològic hi ha mòmies de veritat?

—Sí, i justament ara es fa una gran exposició amb peces trobades a les piràmides i en algunes cambres sepulcrals subterrànies. Ho he llegit en el diari.

—I les mòmies, són vives... encara que els hagi passat per damunt un centpeus gegant?

La mare comprèn de seguida qui ha

explicat aquesta bola a en Pitus i exclama enfadada:

—Tina!

Però la Tina no li fa cas. Està embrancada en la lectura del llibre sobre l'antic Egipte. El que s'hi explica és tan emocionant i horrible alhora...!

—Tina! —la torna a cridar la mare.

La veu prové de la cuina, i la Tina, resignada, se n'hi va. Quan veu en Pitus mort de por assegut a la falda de la mare, s'adona que s'ha ficat en un bon embolic.

—Sí, mare? —pregunta amb aire innocent.

—Et fa res d'explicar-me què és tot això de les mòmies vivents? —li diu la mare fent cara de pomes agres.

La Tina reflexiona uns segons abans de contestar:

—Bé, doncs que els morts eren embalsamats i embenats perquè continuessin vivint en forma de mòmies.

—Això no és així! —replica la mare.

—I tant que sí! —es defensa la Tina—. Els antics egipcis així ho creien. Fins guardaven aliments a les tombes perquè les mòmies tinguessin menjar. Ho diu el llibre que em va regalar l'àvia. Vés-ho a mirar, si vols.

—Enterraven la gent... viva? —pregunta en Pitus.

—No, Pitus, ja havien mort —respon la Tina—. Encara que... la veritat és que sí que enterraven vives algunes persones a les piràmides, per exemple, els arquitectes i els seus ajudants. Els tancaven amb les mòmies dels faraons perquè no poguessin revelar el secret als lladres de tombes.

—El secret...? Quin secret? —continua preguntant en Pitus.

—El del lloc exacte de la piràmide on es trobava la cambra funerària.

En Pitus no entén ni una paraula.

—Val més que parem de parlar d'aquestes coses —opina la mare.

Però en Pitus vol saber-ho tot sobre els egipcis, els faraons, les tombes i les piràmides, i està decidit a veure el museu de les mòmies. Per descomptat, la Tina també vol visitar-lo:

—Va, mare, deixa'ns anar-hi, per favor!

—D'acord, Tina. Parlaré amb la teva mestra, la senyoreta Marina. Potser ella podrà organitzar una visita escolar —respon la mare fent un sospir de resignació—. I ara, què us sembla si anem a prendre un gelat?

En Pitus se l'ha guanyat. S'ha portat com un valent!

En Pitus assenteix entusiasmat i la Tina, encara que s'adona ben bé que solament és un truc de la mare per a apartar la seva atenció de les mòmies, pensa que un gelat no vindrà gens malament... El seu llibre sobre l'antic Egipte pot esperar. Al capdavall, fa una eternitat que és al prestatge de la seva habitació!

En Pitus s'oblida de seguida de les mòmies, fins que la Tina comenta a la gelateria:

—Que bo que és aquest gelat! I que fred! Fred com el gel. Com les mòmies en les seves tombes... —però la mirada severa de la seva mare la fa callar a l'acte.

Per sort, en Pitus es torna a distreure amb el paper del gelat i comença a jugar-hi.

Quan arriben a casa, la Tina torna a agafar el seu llibre sobre l'antic Egipte. Observa les il·lustracions de les mòmies i s'assabenta que els egipcis extreien el cor, els pulmons i el fetge dels seus morts per guardar-los en uns recipients especials de fang que col·locaven al costat dels sarcòfags. A la Tina se li regira l'estómac només de pensar-hi i gira full ràpidament.

En la pàgina següent, les mòmies ja estan seques, embalsamades i embenades.

A continuació els cobrien la cara amb valuoses màscares d'or i les dipositaven en sarcòfags de pedra molt pesants.

La Tina continua passant pàgines i comença a llegir el capítol de les piràmides i les cambres funeràries. És igual d'emocionant que el capítol anterior i, per sort, no és tan horrible.

Algunes piràmides tenen més de quatre mil anys d'antiguitat, segons diu el llibre, i a més són altíssimes: fan més de cent metres d'alçària! És increïble que els egipcis aconseguissin apilar tants milions de blocs de pedra sense l'ajut de grues. Els arquitectes havien de dibuixar plànols secrets que indicaven l'emplaçament exacte de la cambra funerària del faraó, i després s'ocultava tan bé com es podia l'accés a aquesta cambra. A més, per a fer la feina més difícil als lladres de tombes, les piràmides eren plenes de passadissos que no portaven enlloc i de paranys i tota mena de complicats mecanismes que suposaven una mort segura per als saquejadors.

—Què són aquestes coses? —li pregunta de cop i volta en Pitus.

La Tina fa un bot, sobresaltada. No s'ha adonat que el seu germà ha entrat a l'habitació i està mirant el llibre per damunt de la seva espatlla.

—Aquestes coses es diuen piràmides, i són tombes gegantines —respon la Tina—.

Tombes per als faraons, que eren uns reis molt rics i poderosos que vivien a Egipte.

—I eren tan alts que necessitaven unes tombes tan grans?

—No, però els seus tresors sí que eren enormes, i se'ls emportaven a la tomba per emprendre el seu llarg viatge després de la mort.

En Pitus vol saber més coses dels antics egipcis i els seus costums tan estranys.

—Què és això? —pregunta assenyalant el dibuix d'un passadís secret situat en l'interior d'una piràmide.

—Un passadís fals que servia per a conduir els lladres de tombes per un camí equivocat. Quan es ficaven per aquest túnel a la recerca dels tresors del faraó, havien de trepitjar aquesta llosa de pedra; llavors s'accionava un mecanisme i...

—I...? Què passava llavors?

—Doncs que un bloc enorme, també de pedra, lliscava des de dalt fins al passadís. Podia pesar entre deu i quinze tones... Més que deu cotxes junts!

—I què?

—Com que «i què»? Imagina't que ets al passadís i veus com aquest bloc enorme cau damunt teu a tota velocitat...

—Ah, és clar...: carn picada!

—Això com a mínim.

La Tina gira full i assenyala una làmina que mostra unes persones il·luminant amb llums d'oli l'interior d'una cambra funerària.

—Aquests homes són egiptòlegs —explica a en Pitus—. Han arribat a la cambra secreta d'una piràmide, però, com pots veure, els lladres de tombes se'ls han avançat. Els tresors han estat saquejats! En algunes piràmides s'hi han trobat fins i tot esquelets de lladres de tombes que, mentre cercaven aquests tresors, caigueren en algun parany mortal...

En Pitus sembla tan impressionat que la Tina comença a pensar si no fóra millor deixar d'explicar-li totes aquestes històries. Però el seu germà continua preguntant-li coses sobre les piràmides, els faraons, les mòmies...

Per sort, el pare entra a l'habitació just en aquest moment.

—Així m'agrada, Tina, que llegeixis alguna cosa al teu germà petit —diu—. Per cert, de quin conte es tracta?

La Tina arronsa les espatlles i en Pitus exclama entusiasmat:

—Pare, sabies que les tombes dels faraons amagaven paranys mortals?

El pare arrufa el nas i la Tina plega immediatament el llibre sobre l'antic Egipte.

—Em sembla que ara llegiré un llibre d'animals... —comenta la Tina mentre comença a remenar llibres de la prestatgeria.

El pare agafa en Pitus de la mà i diu abans de sortir de l'habitació:

—Ja és hora que te'n vagis al llit, Tina. I una altra cosa... La mare i jo trucarem a la senyoreta Marina per veure si vol portar la teva classe al museu arqueològic.

—Genial, pare, moltes gràcies! —exclama la Tina fent salts d'alegria.

Després de rentar-se les dents, la Tina es fica al llit. Però no pot agafar el son. Té massa idees que li ronden pel cap. El seu llibre sobre l'antic Egipte diu que encara resten per resoldre molts misteris relacionats amb les piràmides... Seria fantàstic convertir-se en una egiptòloga i visitar una d'aquestes cambres sepulcrals! Potser amb l'ajut del seu llibre secret de sortilegis, fent servir el «salt de la bruixa»... Ja l'ha practicat moltes vegades... Només hi ha un problema, i és que per a practicar aquest embruix li fa falta un objecte de l'època a la qual vol viatjar. On el podria aconseguir? En l'exposició del museu arqueològic?

La Tina sap de sobres com són d'arriscats aquests viatges en el temps. Fet i fet, ja ha estat en el Salvatge Oest i en l'època dels pirates, però de segur que l'era dels faraons és molt més perillosa encara... I si totes aquestes estranyes figures que ha vist en les il·lustracions del llibre van existir de veritat? El terrible esfinx de rostre humà i cos de lleó o bé el terrorífic monstre amb cap de cocodril...

El millor seria fer un viatge molt més curt, a una època menys perillosa. Per exemple, podria retrocedir només un segle. En aquests anys encara no hi havia gaires investigadors cercant piràmides i mòmies de faraons a Egipte, de manera que... qui sap si la Tina també podria descobrir alguna cosa?

La pega és que, quan s'imagina movent-se per passadissos tenebrosos, se li posa la pell de gallina. Ja li sembla flairar l'olor embafadora de mòmies en estat de putrefacció mentre ensopega amb els esquelets dels lladres de tombes... Quina por!

La Tina decideix que val més no precipitar-se i meditar l'assumpte amb tranquil·litat, de manera que es tapa el cap amb el llençol i es queda adormida.

Ben mirat, els misteris de les piràmides han estat milers d'anys sense ser resolts; per tant, no passarà res si romanen en secret una mica més de temps.

Capítol 2

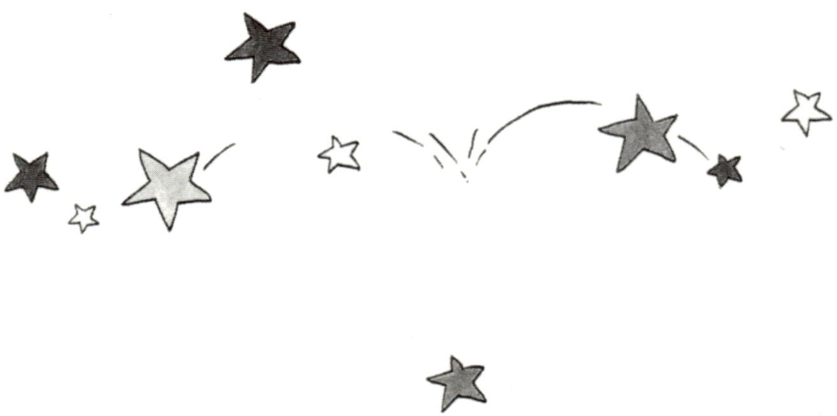

L'endemà al matí, la mare la desperta amb una bona notícia:

—A la senyoreta Marina li ha agradat molt la idea d'organitzar una visita escolar al museu arqueològic. Avui mateix en parlarà amb el director del col·legi.

—Genial! —exclama la Tina, entusiasmada.

El director del col·legi accepta de bon grat el suggeriment de la senyoreta Marina. Fins i tot decideix que l'altra classe del mateix curs que la Tina s'uneixi a la sortida extraescolar, que és fixada per al cap de quinze dies. Total, que la Tina disposarà de prou temps per a preparar la visita a l'exposició.

En el col·legi s'ha desfermat una autèntica «febre egípcia».

Els nens dibuixen antics jeroglífics, construeixen piràmides en miniatura, pinten il·lustracions d'algunes pàgines que la Tina ha fotocopiat del seu llibre...

I per fi arriba el gran dia.

Els nens de totes dues classes són a l'entrada del museu. Han d'esperar un guia que els anirà explicant amb detall tota l'exposició. En el vestíbul hi ha un esfinx, un lleó gegantí amb cap d'ésser humà. Deixaran que s'hi enfilin?

—No, és terminantment prohibit d'enfilar-s'hi —els adverteix el senyor Tomàs, el mestre de l'altra classe—. Als museus no es pot tocar res. Totes les peces són molt valuoses! Podeu comptar que aquest esfinx que veieu té més de tres mil anys d'antiguitat.

—Doncs jo crec que s'equivoca d'alguns mil·lennis... —replica una veu darrere seu.

Es tracta d'un home jove que acaba de reunir-se amb el grup. L'home es dirigeix cap on hi ha l'esfinx i, tot fent-li uns copets afectuosos al coll, afegeix:

—Podeu tocar-la sense por, nois. Li encanta que l'acariciïn.

—Què vol dir això? I vós, qui sou? —pregunta el senyor Tomàs observant amb desconfiança el nouvingut.

—Em dic Joaquim, Joaquim Martí, però em podeu dir Quim —respon l'home adreçant-se als nens—. Sóc el pedagog del museu, i m'alegro molt que hàgiu vingut. Us prometo que aquesta visita serà d'allò més emocionant. I, per cert...

En Quim comença a enfilar-se fins al llom del gran esfinx davant l'estupefacció del senyor Tomàs, abans d'afegir:

—Aquest animalet és molt més jove que no es pensa... Els treballadors del museu el construïren perquè els nens s'hi poguessin enfilar; així doncs... tothom a dalt!

—Amb aquests cabells tan llargs, en Quim sembla una estrella de rock... —xiuxiueja la Tina a l'orella de la Mònica, la seva millor amiga.

—Us ho intentaré explicar tot a mesura que anem visitant les diferents sales, i espero que em feu moltes preguntes —continua en Quim abans de lliscar pel llom de l'esfinx per tal de donar la mà al senyor Tomàs—. Teníeu part de raó sobre l'antiguitat de l'esfinx —li diu—. L'original a partir del qual vam construir aquest té més de tres mil anys. No el tenim aquí perquè pesa massa per a transportar-lo. La nostra exposició mostra, a més, moltes altres rèpliques de construccions, escultures i diversos objectes que també es poden tocar. Així, els visitants poden copsar més bé la veritable essència de l'antiga cultura egípcia.

—Que interessant! —intervé la mestra de la Tina.

—Vós deveu ser la senyoreta Marina —diu en Quim tot donant-li la mà—. Vam parlar per telèfon, us en recordeu? Us vull donar les gràcies per haver-me enviat els jeroglífics egipcis que van pintar els vostres alumnes. Ens hem pres la llibertat d'exposar-los al museu.

Mentrestant, gairebé tots els nens s'han enfilat al llom de l'esfinx, i a en Quim li costarà una mica convèncer-los per a començar per fi la visita guiada.

Primer de tot, els ensenya uns diagrames enormes plens de dates per explicar-los l'antiguitat de les piràmides i les mòmies. Els nens li fan un munt de preguntes i en Quim s'adona de seguida que han vingut molt ben preparats.

—Ja que sabeu tantes coses sobre l'antic Egipte, us agradarà visitar la sala on hem exposat l'equip original d'una expedició arqueològica. Fa més d'un segle, un home anomenat Friedrich-Wilhelm Walterbach es va atrevir a aventurar-se en una tomba inexplorada...

Els nens contemplen amb molt de respecte les pales, les llanternes, els carretons, les cordes i altres objectes que componen l'equip de l'antic arqueòleg.

—Per tal que ho entengueu més bé —diu en Quim al cap d'una estona—, hem construït una rèplica de la galeria d'una tomba. Ara mateix passarem a veure-la, però abans us heu d'equipar amb els pics, les pales i les llanternes que trobareu en la sala següent.

Els nens entren en una petita sala en la qual troben l'equip necessari per a emprendre una expedició. Totes les eines semblen antigues, encara que de fet no ho són. Els treballadors del museu les han fabricades imitant al màxim les eines originals.

Tot seguit el grup avança fins a la galeria de la tomba. Aquí sí que es necessiten les llanternes, perquè tot és fosc com una gola de llop.

Els nens ensopeguen amb un munt de pedres i runa fins que els ulls se'ls acostumen a l'escassa llum que fan les llanternes. Ara el terra sorrenc cruix sota els peus dels nens i s'escolta el soroll de les pales en contacte amb el terra.

Ben bé que tot és d'allò més fantasmal...

Al cap d'una mica, en Quim s'escura el coll i comença a explicar:

—Hem construït aquesta sala perquè us feu una idea de com treballaven abans els egiptòlegs com el professor Walterbach. A més, aquest professor va escriure un diari durant el temps que van durar les excavacions. Us en llegiré uns fragments, de manera que seieu i pareu atenció. Potser a vosaltres us vindrà també la febre pels descobriments o descobrireu el misteri de la mòmia de la nostra exposició... No se sap mai!

DIARI
DE
FRIEDRICH-WILHELM
WALTERBACH
FEBRER, ANY 1881

Dijous

Ja fa més de set setmanes que estem excavant sota una calor sufocant. A vegades dubto de si estem treballant en el lloc apropiat.

Malgrat haver pagat una gran suma de diners als funcionaris del Caire, només disposo de quatre setmanes; passat aquest temps, haurà caducat el meu permís d'excavació. Si no reïxo en l'empresa abans d'aquest termini, m'hauré arruïnat. Tant de bo disposés de més temps i diners...

Dimarts

Per fi ahir vam descobrir el que podria ser l'entrada d'una cambra funerària subterrània. Sembla un tros de porta. Damunt la pedra hi ha unes inscripcions molt curioses, tot i que encara no he tingut temps d'interpretar-les.

Ara bé, el funcionari del Caire encarregat de vigilar l'excavació pensa que aquests signes són de mal averany. El rumor ha corregut i deu dels meus ajudants han abandonat l'excavació... Es veu que el destí està en contra meu.

Dissabte

Amb l'ajut dels homes que encara treballen amb mi, he descobert una pedra gegantina tallada amb motius decoratius. Crec que es tracta d'una porta.

Les dimensions d'aquesta pedra són tan grans que és impossible desplaçar-la un sol mil·límetre.

El rumor dels mals auguris creix com més va més. Avui he perdut uns altres dos ajudants molt valuosos.

I pensar que hi som tan a prop!

Dimecres

Ja hem netejat del tot la pedra de l'entrada, però no podem apartar-la.

Com van ser capaços els antics egipcis d'encaixar-la d'aquesta manera? La seva habilitat em fa quedar parat.

El funcionari del Caire ens aconsella que hi renunciem. Diu que es tracta tan sols d'una pedra destinada a ser transportada fins a una de les grans piràmides i que es perdé aquí!

Però a mi no m'enreda!

Estic convençut que el que he trobat no és una simple roca perduda enmig del desert...

Dilluns

L'excavació ha adquirit unes proporcions enormes, atès que continuem avançant des de l'entrada vers l'est.

Però aquesta superstició ridícula sobre els mals auguris i la calor insuportable dificulten enormement la nostra feina.

Dimarts

Victòria!

Hem topat amb un mur. Sembla molt menys gruixut que la pedra de l'entrada.

He enviat a buscar més gent. Arribaran demà. Amb ells intentaré perforar el mur. Potser aconseguirem arribar fins a l'entrada per l'altre costat. En algun lloc hi ha d'haver un passadís...

Confio que els nous treballadors siguin perseverants i dignes de confiança. Hi he esmerçat tots els estalvis que em quedaven!

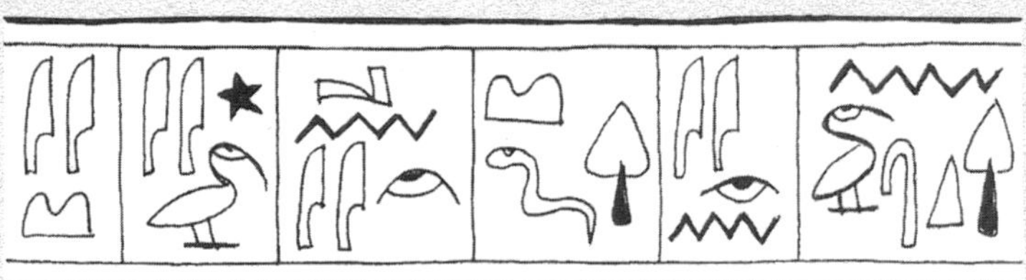

Divendres

Hem reeixit en l'empresa!

Hem trobat el passadís!

Per fi, després de tantes dificultats, la sort ens ha acompanyat!

Una galeria ha aparegut davant nostre quan hem perforat el mur.

Segurament la pedra de l'entrada era tan sols un truc dels constructors per a confondre els saquejadors de tombes.

Com és natural, he intentat entrar de seguida al passadís, però el funcionari del Caire m'ha barrat el pas. El contracte d'excavació diu que, en cas d'èxit, només podré penetrar en la cambra funerària en companyia d'un representant del govern.

El funcionari ha fet saber la notícia als seus superiors i espera que li donin noves instruccions.

No em resta sinó esperar. Però la impaciència em consumeix!

Diumenge

Sembla cosa de bruixes. Estic condemnat a esperar aquí de braços plegats.

I justament ara alguns ajudants meus sofreixen diarrea. Crec que és per l'aigua que bevem... El cuiner assegura que l'ha bullida com sempre, però jo m'inclino a creure que no.

Dilluns

Dos treballadors més que s'han posat malalts han abandonat l'excavació.

Finalment hem rebut noves del govern del Caire, però el funcionari encara em prohibeix entrar al passadís. Espera l'arribada d'un expert en antropologia egípcia, i fins que no arribi no podrem fer res. Si no estigués segur que el funcionari també està interessat en l'excavació, m'inclinaria a creure que només tracta d'impedir que la meva empresa tingui èxit.

Dimecres

És desesperant...

L'expert en antropologia continua fent-se esperar, i a mi se m'acaba el temps.

A l'últim, el funcionari del Caire m'ha deixat entrar al passadís amb els meus homes (després de desprendre'm del rellotge d'or de butxaca, és clar!).

Però quan aquest matí em disposava a entrar al túnel, una descoberta espantosa ha desbaratat el meu propòsit.

Just a l'entrada de la galeria han aparegut uns ossos... humans!

Cranis i costelles!

Els meus homes estan fora de si.

Creuen que una maledicció terrible és damunt la nostra expedició, i alguns han fugit cames ajudeu-me.

He intentat tranquil·litzar la resta de treballadors explicant-los que algú ens ha fet una broma de mal gust.

Després d'apel·lar a l'honor i al valor dels meus homes, he aconseguit convèncer-ne uns quants, i hem tornat a intentar l'entrada al túnel a la tarda.

Aquesta vegada, un altre ensurt.

Ara es tracta de serps.

No n'havíem vist ni una de sola en totes aquestes setmanes; màxim, un escorpí de tant en tant..., però de serps, cap ni una.

I ara, de cop i volta, n'han aparegut dotzenes i dotzenes.

És senzillament inexplicable.

I, a més a més, just davant l'entrada oberta.

Ara alguns diuen que les serps són els guardians dels morts que surten de l'interior de la tomba...

Aquest incident m'ha fet perdre més homes.

Ja només me'n queden set, que demà de bon matí entraran amb mi al túnel.

Fins el funcionari del Caire es nega a acompanyar-nos... És increïble!

—Aquí hi ha alguna cosa que no fa gaire bona espina —s'escapa a la Tina.

A l'instant es tapa la boca amb la mà. No volia interrompre el relat d'en Quim d'aquesta manera. Ja és massa tard, però...

Els altres nens comencen a parlar.

L'Ivan crida:

—Això és *tatbosage!*

—Deus voler dir sabotatge —el corregeix la mestra Marina—. Aleshores què creus? Que algú volia interrompre deliberadament les excavacions del professor Walterbach?

—I tant! —exclama la Mònica—. És evident: de primer, les contínues dilacions per tal de retardar les investigacions; a continuació, l'aigua enverinada, i ara els ossos humans i les serps!

—És claríssim, no poden ser casualitats... —afirma la Tina.

—Nosaltres vam pensar el mateix quan vam llegir les anotacions del professor —intervé en Quim—. Precisament aquesta exposició es titula *L'antic Egipte: preguntes i misteris,* i la peça més important de l'exposició és una misteriosa mòmia que planteja moltes incògnites...

—Llavors, aquesta mòmia i les altres troballes que hi ha exposades provenen d'aquesta excavació? —pregunta el senyor Tomàs.

—I tant! La nostra mòmia va ser descoberta pel professor Friedrich-Wilhelm Walterbach —respon en Quim.

—De manera que el diari del professor continua, oi? —pregunta ara la senyoreta Marina.

—És clar, encara que... no estic segur de si he de continuar llegint. La veritat és que a partir d'aquest punt el diari esdevé més i més emocionant, per no dir terrorífic... Els vostres alumnes, no són massa joves? Normalment, només llegim el que segueix a estudiants més grans...

—Que ho llegeixi, que ho llegeixi! —protesten tots els nens alhora.

En Quim es disposa a continuar llegint, perquè, altrament, la desil·lusió fóra massa gran.

—I si prosseguim la lectura en una altra sala que no sigui tan fosca? —proposa la senyoreta Marina.

—Volem quedar-nos aquí! —criden els alumnes.

—En fi... Doncs endavant! —somriu en Quim—. Però... preparéu-vos!

Capítol 3

Els nens es col·loquen al voltant d'en Quim i es disposen a escoltar. El pedagog del museu s'escura la gola i prosssegueix la lectura del diari.

Dijous

Avui ha estat un dia molt dur. Al vespre, finalment, hem pogut endinsar-nos en el passadís. Al matí ha estat impossible, perquè els llums no tenien oli i n'hi hem hagut de posar.

Al principi hem avançat sense cap dificultat. A unes dues-centes cinquanta passes, el passadís desembocava en una altra galeria transversal (més endavant en diré les mides exactes). Hem intentat obrir-nos pas en totes dues direccions, però unes pedres molt pesants ens ho impedien. Després d'endinsar-nos uns quinze metres per cada un dels passadissos, he decidit concentrar el nostre esforç en el passadís de l'esquerra. Unint totes les nostres forces, hem aconseguit netejar de pedres vint passes més.

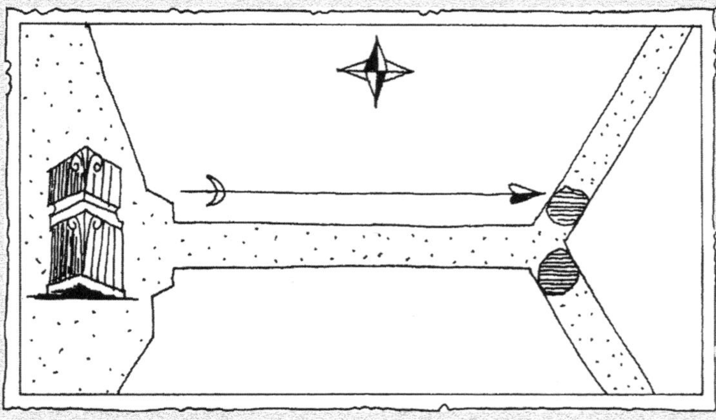

Tot d'una, dos dels meus homes han cregut haver sentit uns cops procedents d'algun lloc impossible de precisar. Hem interromput la marxa per escoltar i, en efecte, hem sentit uns rumors lleus.

Em fa l'efecte que es tractava de l'eco dels nostres propis moviments, però els meus homes en tenien una opinió ben diferent... Al cap i a la fi, la gent del desert és molt supersticiosa.

Completament exhausts, cap al tard hem fet un alto en els treballs i hem anat a descansar al campament (no puc dir l'hora exacta en què hem abandonat l'excavació, perquè el meu rellotge el té ara aquest funcionari del Caire).

He decidit traslladar la meva tenda fins a l'entrada de l'excavació, des d'on escric aquestes línies.

Malgrat tots els contratemps, sóc feliç. Ara estic gairebé segur del tot que els passadissos menen a una tomba subterrània. Amb tot, no aconsegueixo entendre d'on provenen les pedres amuntegades a l'interior d'aquests passadissos.

No és gaire probable que hi hagin estat col·locades per a fer d'obstacles. Són massa tosques i estan molt mal encaixades entre elles.

Enigmàtic...

Divendres

Un altre dia ple de sorpreses desagradables.

Estava convençut que el dia abans havíem avançat més de vint passes cap a l'oest, però avui hem comprovat que només en vam avançar disset.

Com em vaig poder enganyar d'aquesta manera? Potser a causa de l'esgotament?

Fins i tot començo a dubtar de la meva raó.

Després d'avançar una mica més, hem arribat a una mena de porta.

Quina alegria! Pot ser que haguem arribat a la cambra funerària?

Hem travessat la porta amb molta dificultat. Darrere, però, només hi hem vist un altre passadís llarg que aviat es dividia en dos. Ara les parets i el terra eren completament nets.

Només hi havia pedres llises al nostre voltant, sense runa que dificultés la nostra marxa.

Ens hem dividit en dos grups i hem prosseguit la marxa. De cop i volta, però, he sentit uns crits provinents de la direcció que havia pres l'altre grup. Hi hem acudit corrents, i els nostres ulls han contemplat una escena esgarrifosa. Dos dels meus homes han estat víctimes d'un parany terrible. Davant seu s'ha obert de sobte un forat molt profund a terra. Un moviment desafortunat d'un dels meus homes deu haver posat en marxa aquest mecanisme fatal...

Al mateix temps que s'ha obert el forat enorme a terra, una gran quantitat de sorra ha brollat d'una obertura lateral del mur del passadís i ha arrossegat sense pietat els dos homes cap al fons de l'abisme, on els esperaven unes estaques esmolades clavades les unes prop de les altres. Un autèntic bosc de llances!

Un dels dos homes hi ha quedat clavat, però, gràcies a Déu, l'estaca solament li ha perforat la cuixa. S'ha desmaiat a l'acte (per sort, perquè d'aquesta manera no ha sentit cap dolor quan li hem extret l'estaca). Ara té una ferida molt profunda a la cama, però l'important és que viu... Miraculosament, l'altre home ha passat entre les estaques esmolades sense sofrir cap dany. Només ha quedat enterrat per la sorra, i de seguida l'hem rescatat.

A continuació hem tingut una altra sorpresa quan hem anat a agafar les provisions per fer un refrigeri, tot era ple de granotes!

Dotzenes, centenars de granotes pertot arreu... Quin fàstic! El menjar, destruït. Els nervis, desfets. Els meus homes, embogits, han arrencat a córrer cap a l'exterior i alguns no han parat fins a arribar a casa seva. Això és desesperant! Només es pot tractar d'un sabotatge...

He intentat interrogar el cuiner immediatament, ja que és l'encarregat de les provisions, però no n'hem trobat ni rastre. Fins i tot s'ha emportat les cassoles i les paelles. Aquest canalla ho devia haver organitzat tot plegat amb temps.

Sembla que tots s'han conjurat contra mi. Bé, tots no. Dos homes encara em són fidels: un xicot que es diu Ahmed i el seu pare ancià. Però, què puc fer amb el sol ajut d'ells dos? Per a acabar-ho d'adobar, cap al tard ha arribat una altra sorpresa: el funcionari del Caire ha vingut per recordar-me que només em queden tres dies, i per tal de subratllar les seves paraules s'ha presentat acompanyat de la policia.

Ara hi ha homes armats apostats a l'entrada del túnel. Què he fet perquè em passi tot això?

Dissabte

Ara sí que s'ha acabat tot. El funcionari del Caire m'ha comunicat que no puc excavar durant el cap de setmana. La meva decepció i la meva ira no tenen límits. Només em resta el dilluns, però què puc fer en un sol dia? I pensar que gairebé toco amb les mans el meu objectiu...

Ara vull concentrar tots els esforços a tancar-ho tot tan bé com pugui. El xicot i el seu pare m'han promès que m'ajudaran.

Dijous vinent me'n tornaré a Alemanya. Estic segur que podré reunir els diners necessaris per a concloure amb èxit les excavacions.

En Quim tanca el diari.

—Però... com continua? És que s'ha acabat la història? —volen saber els nens.

—Les anotacions del diari acaben aquí, efectivament, però la història continua, és clar. Altrament, fóra impossible que guardéssim en el nostre museu les peces trobades en aquesta expedició —explica en Quim—. Intentaré ser breu —continua—. Un museu de Berlín va donar els diners necessaris per tal que el professor pogués tornar al cap de tres mesos a l'excavació amb un equip molt reduït de col·laboradors. Per fi van aconseguir entrar a la cambra funerària i tingueren molta sort, perquè la tomba no havia estat saquejada. Malgrat tot, va plantejar molts enigmes als arqueòlegs, enigmes que encara avui no s'han resolt. Comproveu-ho vosaltres mateixos...

En Quim condueix els nens a la sala principal de l'exposició. La brillantor dels magnífics tresors que s'hi guarden enlluerna: estàtues, joies, estris diversos... que daten de fa més de tres mil anys.

I, en acabat, la mòmia.

Protegida a l'interior d'una vitrina climatitzada, jeu al costat del sarcòfag de pedra.

Els nens han quedat bocabadats i durant uns segons, a la sala dels tresors, hi regna un silenci profund.

—Abans que torneu a casa vostra, us vull parlar del misteri de la mòmia... —diu en Quim—. Quan el professor Walterbach i l'equip que l'acompanyava van trobar finalment la cambra funerària, veieren que els tresors que s'hi guardaven no havien estat tocats, però, en canvi, el sarcòfag era obert. Per tant, algú havia d'haver estat en aquella cambra abans que ells...

—És clar! —exclama l'Andreu—. Els qui havien organitzat els sabotatges només van haver d'esperar que el professor fos fora, i llavors...

—Però, en aquest cas, de segur que ells haurien saquejat la tomba, no et sembla? —apunta el senyor Tomàs.

—Això mateix vam pensar també nosaltres —confirma en Quim—. És evident que no es tractava de lladres ja que no es van emportar res. Senzillament, és un enigma, sobretot la qüestió de la mòmia...

—Què va passar amb la mòmia? —volen saber els nens.

—Bé, el cas és que no era al seu lloc, és a dir, en aquest sarcòfag de pedra. En un principi, els arqueòlegs van pensar que no hi havia cap mòmia, però més endavant la trobaren... Era força lluny de la cambra funerària, en un petit passadís lateral, com si s'hagués posat a caminar tota sola...

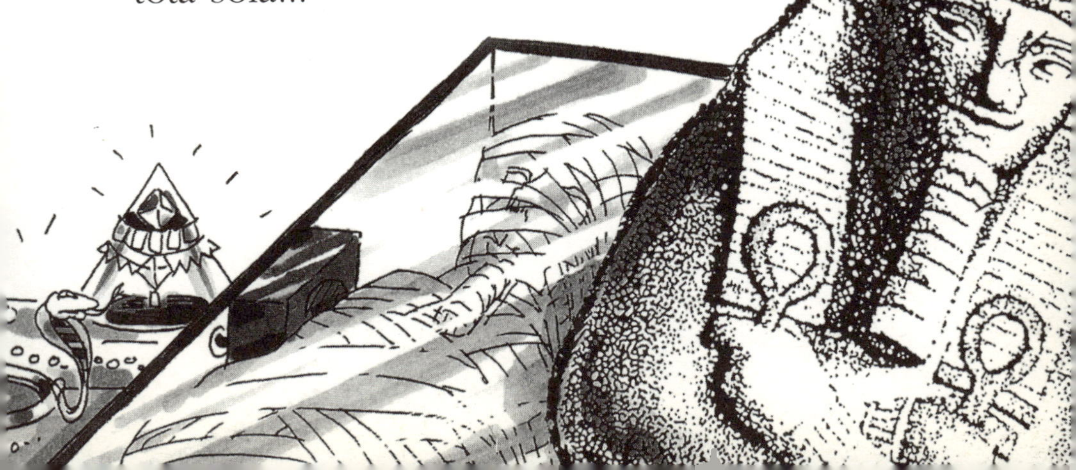

—Llavors la mòmia havia de ser viva! —sosté la Tina.

—Sigui com sigui, tot el que l'envolta és molt enigmàtic... —afegeix en Quim—. Com veieu, us he promès misteris i he complert la meva promesa. Ara, però, ha arribat el moment de posar fi a la visita. Si us ha agradat l'exposició, torneu-hi un altre dia. Sempre sereu benvinguts. I potser aconseguireu resoldre l'enigma de la mòmia, no se sap mai! En aquest cas, feu-m'ho saber, per favor.

Tots aplaudeixen, entusiasmats, i en Quim s'acomiada amb un somriure.

De tornada a casa, els nens discuteixen entre ells: Com va poder sortir la mòmia del sarcòfag?

A la Tina, especialment, aquest misteri l'ha deixada tota capficada. Vol aclarir-lo sigui com sigui. Rumiant, rumiant, al final pren una decisió: farà un viatge en el temps! Això no és cap problema gràcies a la fórmula màgica del seu llibre secret de bruixeria. Ja l'ha provada més d'una vegada...

L'únic problema és que necessita un objecte de l'època a la qual es vol traslladar, i això vol dir que ha de tornar al museu. Però, com aconseguirà emportar-se'n un objecte? No és fàcil que li donin o li prestin cap objecte, i a la Tina no li passaria mai pel cap robar!

Tot d'una se li acut una idea...

És clar! Alguns dels objectes exposats en la rèplica de l'excavació arqueològica són peces originals, i, vés a saber, potser alguna de les pales hi té adherida encara una mica de sorra... Amb un parell de granets en tindria prou!

Ja ho ha decidit: el cap de setmana següent tornarà a visitar el museu per fer-hi «neteja»...

Capítol 4

La Tina ho ha aconseguit. Al cap de dues setmanes i mitja, ben entrada la nit de diumenge, està asseguda en un extrem del llit.

A les mans hi té una capseta amb un mocador a dins. I embolicat amb el mocador hi ha quelcom molt valuós: uns quants granets de sorra del temps de l'excavació dirigida pel professor Walterbach. Ara només li resta pronunciar l'encanteri del «salt de la bruixa». Després de tants viatges, ja se'l sap de memòria!

La Tina para l'orella. No sent cap soroll. Sembla que els seus pares i en Pitus dormen.

Tot seguit torna a revisar escrupolosament l'equip que ha guardat en la motxilla: una llanterna, una corda llarga, un encenedor, esparadrap, un bloc de notes, una màquina de retratar, una xocolatina i, per descomptat, el ratolí de peluix. El necessitarà per a tornar per art d'encantament a l'època actual. A més, sempre li ha portat sort.

La Tina tanca la motxilla, respira fondo i deixa que els granets de sorra llisquin entre els seus dits mentre murmura la fórmula màgica. Acluca els ulls i, a l'instant, nota que comença a flotar...

Recula a l'Egipte del segle XIX a una velocitat vertiginosa. Què l'espera allà? De segur que no serà fàcil, però està decidida a resoldre tant sí com no el misteri de la mòmia.

De cop i volta, la Tina sent una calor terrible... El desert!

Al cap de poc, davalla suaument. El viatge s'ha acabat, i quan la Tina obre els ulls, es troba envoltada per una gran foscor. La temperatura ha baixat molt, i l'ambient és molt humit. Què deu ser? La veritat és que no hi comptava, amb això...

«Tant de bo que hagués agafat un jersei», es diu a ella mateixa.

Pero, com se li ocorre a ningú equipar-se contra el fred quan pensa viatjar al desert? La Tina remena dins la motxilla buscant la llanterna, i quan finalment l'encén resta petrificada. Una cara ha aparegut just davant d'ella! La Tina apaga la llanterna amb els dits tremolosos i la cara desapareix.

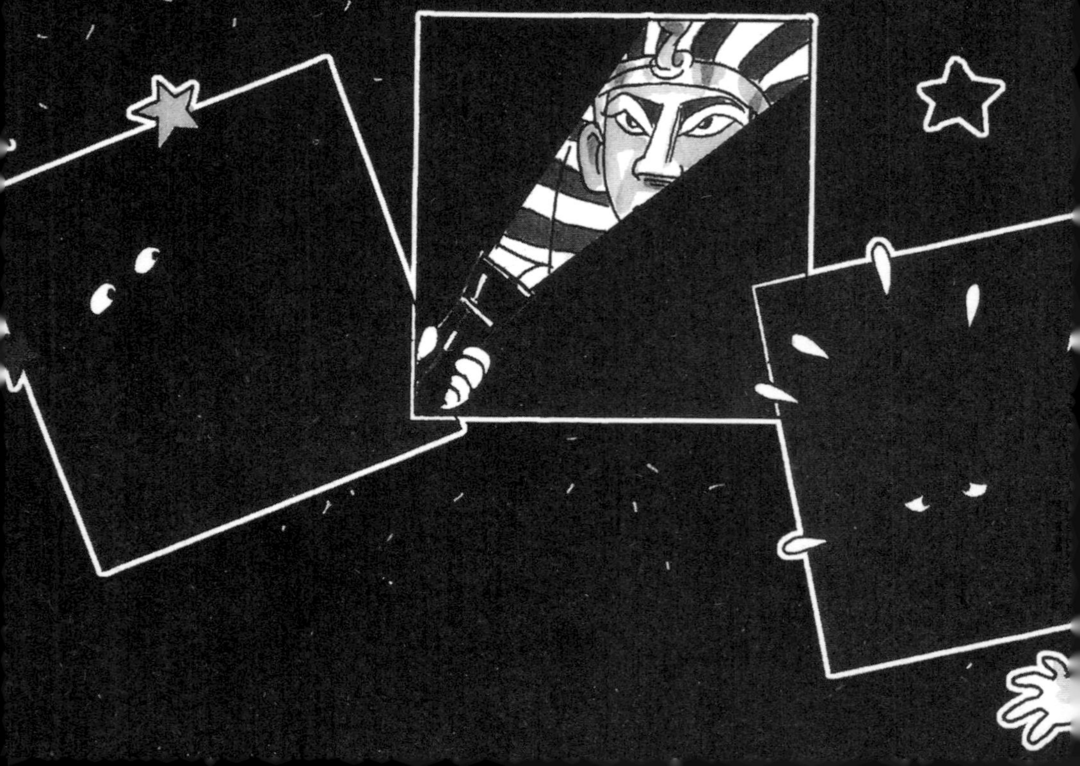

Mentre tracta de tranquil·litzar-se respirant profundament, no para de preguntar-se a qui deu pertànyer aquesta cara. A l'últim, decideix tornar a encendre la llanterna.

La llum de la llanterna il·lumina la runa i les pedres escampades per terra abans de pujar cap amunt. I una altra vegada la mateixa cara! Els ulls, d'un verd intens, resplendeixen amb una lluïssor amenaçadora. Però aquesta vegada la Tina s'adona que la cara forma part d'una pintura feta a la paret, i somriu ja més calmada.

Es troba en un passadís d'uns quatre metres d'amplada per sis d'alt que no sembla que tingui fi, ja que, quan enfoca cap endavant amb la

llanterna, la llum es perd sense que es pugui veure cap mur o revolt. Darrere seu, en canvi, troba el pas barrat per un munt de pedres apilades que només deixa una petita obertura abans d'arribar al sostre.

La Tina només ha d'avançar unes passes per a adonar-se que ha aterrat en el lloc correcte. Les fantasmagòriques imatges que apareixen a la llum de la seva llanterna són les mateixes que va veure en l'exposició del museu. A més, també recorda que el professor Walterbach esmentava aquesta pila de pedres en el seu diari.

Tot d'un plegat, la Tina sent un soroll. Apaga la llanterna ràpidament i para l'orella. Sembla que el soroll ve de molt lluny...

Nerviosa, pensa frenèticament: «És el professor, potser? No, el professor no pot ser perquè, en aquest cas, m'hauria anomenat en el seu diari...»

Una altra vegada el mateix soroll! No n'està segura, però sembla que ara prové de darrere del munt de pedres que cega el passadís.

La Tina encén la llanterna amb les mans que li tremolen i la llum va amunt i avall del pilot de pedres. Està morta de por. I si de cop i volta topa amb la mòmia?

Potser és allà, darrere el munt de pedres, aguaitant-la... Només de pensar-hi, la Tina sent una esgarrifança que li recorre l'esquena.

—Però... en Quim va dir que això era impossible! —es diu a ella mateixa en veu alta—. Les mòmies són mortes... No tenen cor, ni pulmons, ni sang a les venes. Estan més resseques que la sorra del desert! O potser no...?

L'eco de les seves paraules ressona a la galeria, la sorra cruix sota els seus peus i les cares pintades a les parets sembla que es burlin d'ella. Cada vegada alenteix més el pas. Té la gola seca, ni tan sols no es pot empassar la saliva, i una suor freda li cobreix el front. És la suor de la por...

Ha arribat al munt de pedres. Les cames se li han tornat de plastilina, com si estiguessin a punt de deixar d'obeir-la, i el cor li batega tan fort que fins pot escoltar-ne el trip-trap.

—Ei! Que hi ha algú?

Les seves paraules han sonat molt fluix, però tot i així ressonen en les profunditats del passadís com si es tractés de trons.

—No és gens estrany que els homes del professor Walterbach correguessin com esperitats... Aquest lloc espanta qualsevol!

El so de la seva veu sembla que li dóna ànims, encara que, per si de cas, treu de la motxilla el ratolí de peluix i l'agafa amb

la mà esquerra. Si no hi ha més remei, tornarà corrents emprant la màgia. Però... serà prou ràpida? Sigui com sigui, està decidida a descobrir el misteri de la mòmia.

Amb la llanterna encesa, comença a escalar la gran muntanya de pedres. Torna a sentir el mateix soroll a l'altre costat del munt de pedres. A la Tina li fa un salt el cor!

—No et paris ara! —s'ordena a ella mateixa, i continua enfilant-se pel munt de pedres. Ha d'arribar a l'obertura que hi ha entre el munt de pedres i el sostre de la galeria.

Tot d'una sent el so inconfusible d'uns passos.

«Endavant! No pensis en res!»

Torna a sentir els passos, i aquesta vegada no hi ha dubte: provenen de darrere seu... Algú s'ha enfilat al munt de pedres just darrere d'ella!

La Tina tremola de por, i prem fort el ratolí de peluix mentre comença a murmurar l'encanteri del «salt de la bruixa».

Però s'ho pensa més bé i va tombant el cap a poc a poc, molt lentament. Vol mirar cara a cara la mòmia, encara que només sigui una vegada...

I què passa? Doncs res. Allà no hi ha ningú. Tan sols unes pedres que cauen rodolant i que segurament haurà fet caure ella mateixa amb el peu.

—Uf! —sospira tota alleujada.

La Tina agafa aire i continua l'ascensió. Sent un altre soroll, i aquesta vegada no es tracta de pedres que cauen rodolant. Són passos que provenen... de l'altre costat del munt de pedres.

El cor li batega encara més fort, però només li falta un metre per a poder treure el cap per l'obertura.

L'últim tram és tan dret que la Tina s'ha d'agafar a les pedres i, en un descuit, el ratolí de peluix li rellisca de la mà i rodola cap avall! L'il·lumina amb la llanterna mentre rodola tractant de no perdre'l de vista. Finalment, una pedra frena el ratolí.

—Aviat vindré a buscar-te —xiuxiueja la Tina.

Subjecta la llanterna entre les dents i s'impulsa cap a l'obertura. És massa estreta! La Tina grata amb els dits fins que aconsegueix desprendre una pedra de la mida d'una pilota de futbol, que deixa caure rodolant. Ha arribat el moment de treure el cap pel forat per fer un cop d'ull.

La Tina pot veure
un ampli
passadís decorat
amb pintures
magnífiques.

Aquí tot brilla, com si acabessin de netejar. No hi ha rastre de pedres, i tampoc de mòmies..., si més no, fins on abasten els seus ulls. La Tina no es cansa d'admirar aquest espectacle tan fantàstic. Ja li ha passat la por, com per art d'encantament. Si la galeria és tan esplèndida, com deurà ser la cambra funerària?

Què ha passat? Sembla que s'ha mogut alguna cosa!

La Tina mig acluca els ulls. La llanterna ja no fa la mateixa llum que abans; es veu que se li acaben les piles. Però està segura d'haver vist una figura a uns cent metres de distància. Una figura blanca! Torna a veure la mateixa silueta inquietant... Aleshores intenta cridar, però li falla la veu.

Morta de por, observa com la figura s'acosta a ella.

És la mòmia! I cada vegada avança més de pressa, encara que no sembla que corri, sinó que suri en l'aire.

Al cap d'uns segons que li semblen una eternitat, la Tina aconsegueix tornar a pensar amb claredat. El «salt de la bruixa»! Ha de tornar ara mateix! Però aleshores recorda que ha perdut el ratolí de peluix. Ostres!, com ha pogut ser tan beneita d'arribar tan lluny sense el seu ratolí?

La Tina baixa tan de pressa com pot pel munt de runa i pedres. De poc que no li cau la llanterna! Però finalment troba el ratolí. I mentre el prem ben fort contra el seu cor accelerat, no pot evitar mirar cap amunt.

Però no hi veu res, ni cap mòmia traient el cap pel forat.

La Tina apaga la llanterna i escolta atentament. No sent cap soroll. Llavors tracta d'ordenar les seves idees i analitzar el que acaba de veure. Era de debò una mòmia o ha estat només cosa de la seva imaginació? La veritat és que, ara que hi pensa, l'estranya figura no es corresponia amb la d'una mòmia autèntica. Més aviat semblava una figura humana vestida amb un llençol blanc...

Com més hi pensa, més versemblant se li fa la idea que allà no hi estigui passant res de sobrenatural. Segurament és algú que li vol infondre por, i para de comptar! Al professor Walterbach i l'equip que l'acompanyava ja els va passar això mateix!

—Aquesta vegada vindràs amb mi —xiuxiueja la Tina al ratolí de peluix abans de ficar-se'l a la butxaca dels pantalons—. I tu, fantasma de pa sucat amb oli, ja et pots preparar... Aquesta vegada et desemmascararé!

La Tina es torna a enfilar pel munt de runa i pedres i, un cop dalt, encén la llanterna.

Ni rastre de l'estranya figura.

—Molt bé... Llavors aniré per tu —exclama valenta.

Després de lliscar amb força dificultat pel forat estret, la Tina arriba a l'altre costat del munt de pedres i baixa amb compte fins a terra. Un cop a baix, para l'orella.

Silenci.

Amb molta cautela, comença a avançar pel passadís. I, tot d'una..., la figura blanca apareix just davant el seu nas!

Però, sorprenentment, la misteriosa silueta gira cua. Es veu que encara té més por que ella!

La Tina surt disparada darrere la figura. Ara l'ha vista ben bé. Una mòmia? I un be negre! Per sota de la roba blanca es veuen unes cames nues, d'algú molt jove.

La figura desapareix per un passadís lateral, però la Tina l'estalona i finalment l'atrapa.

Es tracta d'un noi no gaire més gran que ella, i està molt espantat.

—Tu deus ser l'Ahmed! —diu la Tina.

Ell només aconsegueix balbucejar:

—Com saps com em dic? I tu, qui ets? D'on véns? Què hi fas, aquí? Quin llum és aquest que portes? T'han enviat els déus?

—Perdona, però aquí la que pregunta sóc jo —replica la Tina—. On és el professor Walterbach?

—Se'n va tornar al seu país a demanar diners. Ens va encarregar al meu pare i a mi que vigiléssim les seves coses fins que tornés. Però el meu pare està molt malalt. Per això estic sol aquí.

El noi encén un llum d'oli i la Tina descobreix no gaire lluny totes les eines de l'ex-

cavació dirigida pel professor curosament apilades. I també hi veu el diari.

—Quant de temps fa que marxà?

—Gairebé tres mesos. El meu pare fa anys demà passat i el professor va prometre que ja hi seria aquest dia. Però no sé pas si podrà complir la promesa...

De cop i volta, uns cops molt forts ressonen darrere d'ells.

—És ell! El professor Walterbach! —exclama la Tina.

—No, que no ho és! —li assegura l'Ahmed—. Tant de bo! Són lladres de tombes, els mateixos homes que van sabotejar l'expedició des del començament, amb el funcionari del Caire al capdavant. Fins avui els he pogut foragitar cada vegada que han vingut espantant-los com he fet amb tu. Però em fa l'efecte que ja m'han descobert. La veritat és que no semblo una mòmia...

Els dos nois senten el terrabastall que fan unes pedres en caure rodolant. És evident que els lladres són cada vegada més a prop.

—I tu creus que una mòmia de veritat els espantaria, Ahmed? —pregunta la Tina.

—I tant, però una mòmia viva! —respon l'Ahmed amb un somriure trist—. Això els faria més por que cap altra cosa...

—I la cambra funerària? Que l'has trobada? Allà dins hi ha d'haver una mòmia!

—És clar, hi he estat dins, però no hi he tocat res —assegura l'Ahmed—. Només vaig suplicar a la mòmia que sortís del sarcòfag i foragités aquests saquejadors de tombes que l'únic que volen és el tresor de la seva tomba..., però no em va escoltar.

—Porta-m'hi, ràpid! —diu la Tina.

Al cap de poc, tots dos són davant el sarcòfag de pedra, i cada un té una pala a les mans. La Tina dóna les instruccions:

—Vinga, Ahmed: fica la pala sota la tapa, com si fessis alçaprem. Entre tots dos ho aconseguirem!

Centímetre a centímetre, la tapa es va desplaçant cap a un costat fins que l'obertura és prou ampla per a treure la mòmia. El cos embenat és increïblement lleuger.

A continuació, tot s'esdevé molt ràpidament. La Tina i l'Ahmed avancen a l'encontre dels lladres de tombes, i després d'ordenar al noi que s'amagui en un passadís lateral, la Tina sosté la mòmia just davant d'ella.

Tot d'un plegat, més de vint boques masculines profereixen un crit de terror que ressona per tot el passadís.

—És la mòmia...!

—I sembla que es belluga...!

—Més val que fugim si volem salvar la pell...!

La majoria dels homes arrenquen a córrer morts de por. Només alguns s'atreveixen a acostar-se molt lentament per contemplar la mòmia amb els seus propis ulls.

—No és viva! —crida un d'ells—. Hi ha algú que ens vol prendre el pèl!

La Tina pensa a tota velocitat. Necessita la llanterna, i també la càmera amb flaix. La llum parpelleja una, dues vegades... i enlluerna els homes, que no han vist mai res semblant. Tot seguit, la Tina il·lumina la mòmia amb la llanterna.

—La mòmia brilla...!

—El déu Ra ha enviat un raig de sol...!

—La seva maledicció caurà damunt nostre...!

Els lladres giren cua i fugen espaordits.

L'Ahmed surt del seu amagatall.

Sembla molt impressionat per la gesta de la Tina, i no pot evitar preguntar-li:

—Com has fet aquesta màgia? Em diràs ara com et dius i d'on véns?

La Tina rumia un moment fins que se li ocorre una explicació creïble per a l'Ahmed:

—M'ha enviat el professor Walterbach. Tornarà molt aviat, i em va encarregar que et rellevés perquè puguis preparar l'aniversari del teu pare.

—Això vol dir que me'n puc anar?

La Tina fa que sí amb el cap.

L'Ahmed somriu agraït i arrenca a córrer per reunir-se amb el seu pare malalt.

—Dóna records al professor de part meva! —diu cridant a la Tina.

—Ho faré amb molt de gust —contesta ella.

La Tina s'ha quedat sola amb la mòmia i aprofita l'avinentesa per contemplar-la amb tranquil·litat. Ja l'ha vista una vegada en l'exposició del museu, però aquí, en la foscor del passadís, és força diferent.

Tot d'una, la Tina sent unes veus que provenen d'una petita galeria lateral. Els lladres una altra vegada? Gira ràpidament la mòmia i s'hi col·loca darrere. Les veus se senten cada vegada més a prop...

I llavors s'enduu una sorpresa: es tracta d'alguns homes, però no porten turbant, sinó salacot, el capell que acostumen a portar els exploradors. És el professor Walterbach, juntament amb l'equip que l'acompanya!

La Tina no sap si riure o plorar. Ara ja no pot tornar la mòmia a la cambra funerària sense que la vegin. Hauria de contestar massa preguntes... Llamps i trons! Què pot fer ara?

La Tina deixa la mòmia a terra amb molta cura, i agafa el ratolí de peluix. Aleshores murmura el sortilegi del «salt de la bruixa».

Quan una mica més tard aterra a la seva habitació, no es pot reprimir el riure. Només ella sap per què els arqueòlegs no trobaran la mòmia dins el sarcòfag.

La Tina és l'única persona que coneix la solució a l'enigma de la mòmia misteriosa... Llàstima que no ho pot explicar a ningú!

Truc egipci

«La mòmia desapareguda»

Aquest truc desconcertaria el mateix David Copperfield. Una mòmia que desapareix al seu sarcòfag!

Per fer el sarcòfag, enganxa dues capses de sabates per la base. A continuació retalla els extrems de totes dues capses, fins que aquestes tinguin l'alçària d'una sola capsa de sabates.

Ara folra les capses amb paper o pinta-les de colors, fins a aconseguir un bonic i misteriós aspecte egipci. No et descuidis la tapa: és important que el sarcòfag tingui el

mateix aspecte per dalt que per baix. Tot seguit pinta de negre l'interior del sarcòfag. Això és fonamental, perquè d'aquesta manera l'espectador el veurà més profund del que és en realitat.

Per fer la mòmia, embena un ninot (també pots fer servir un cullerot) amb paper higiènic.

Quan facis la teva gran funció de màgia, comença mostrant el sarcòfag al públic i fica la mòmia a l'interior.

A continuació col·loca la tapa i, mentre distreus els espectadors pronunciant estranyes fórmules màgiques, dóna la volta a la capsa a tota velocitat. Llavors podràs ensenyar el sarcòfag buit als teus amics. Els deixaràs bocabadats!

La misteriosa mòmia ha tornat a desaparèixer!

Truc egipci

«Jeroglífics misteriosos»

Després de visitar l'exposició sobre l'antic Egipte, la Tina i la seva amiga Mònica han decidit estudiar l'escriptura jeroglífica.

Aquesta escriptura es basa en uns signes molt antics que els escrivents egipcis empraven per a redactar textos.

La Tina i la Mònica han creat una escriptura secreta a partir d'aquests signes, que també permet escriure paraules en el nostre idioma.

Ara es poden enviar missatges en clau!

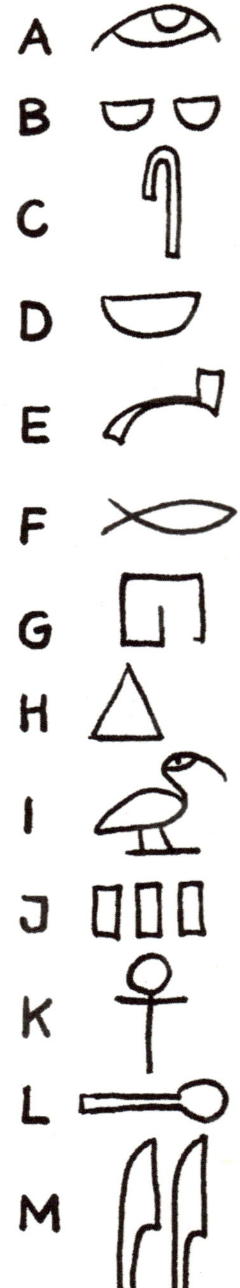

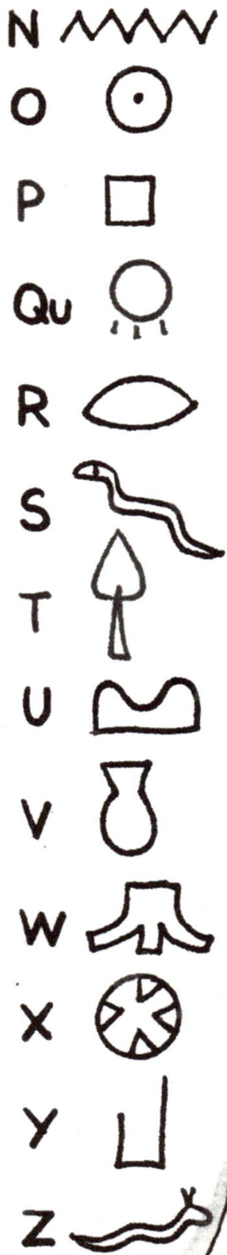

Tu també pots fer arribar missatges secrets als teus amics servint-te d'aquests signes, però abans cal que t'entrenis desxifrant aquest missatge de la Tina:

Hola!

Aquest que veus a la foto sóc jo. Em dic KNISTER, i sóc l'autor de les aventures de la Tina Superbruixa.

Com que sempre m'ha agradat el vostre món, el dels nois i les noies com tu, he escrit una pila de llibres i cançons i també obres de teatre per a vosaltres.

M'encanta presentar programes de lectura a la tele, la ràdio, les biblioteques, els teatres i les llibreries del meu país (que, per cert, és Alemanya), i també m'ho passo molt bé quan treballo per a nois i noies que són discapacitats psíquics, o dislèctics, o cecs..., tots de la mateixa edat que tu.

Però el millor de tot és quan vosaltres participeu amb mi en les coses que faig, llegint els meus llibres i compartint les aventures dels personatges protagonistes.

En aquesta ocasió, he volgut presentar-vos la Tina Superbruixa. Com que és una bruixa supersecreta, em va costar bastant que m'expliqués els seus trucs de màgia, però al final ho vaig aconseguir. Encara que..., no sé per què, però tinc la sensació que la Tina Superbruixa no m'ha explicat tots els seus supersecrets... i potser encara li queden uns quants encanteris guardats a la màniga!

Índex

Trucs egipcis

Els llibres de KNISTER

www.KNISTER.com

a Brúixola

Aquest llibre es va acabar
d'imprimir a HUERTAS,
Industrias Gráficas, S A,
el mes de juliol de 2008